집 근처 연못에 이 책을 바칩니다.

이야기를 길어 올려 준 장 크리스토프와 마린,
언제나 최선을 다해 주는 올리비에와 시몬,
방학 캠프를 추억으로 가득 채워 준 루빈에게
감사의 마음을 전합니다.

알리트
어느 작은 개구리 이야기

제레미 모로 지음 | 박재연 옮김

웅진주니어

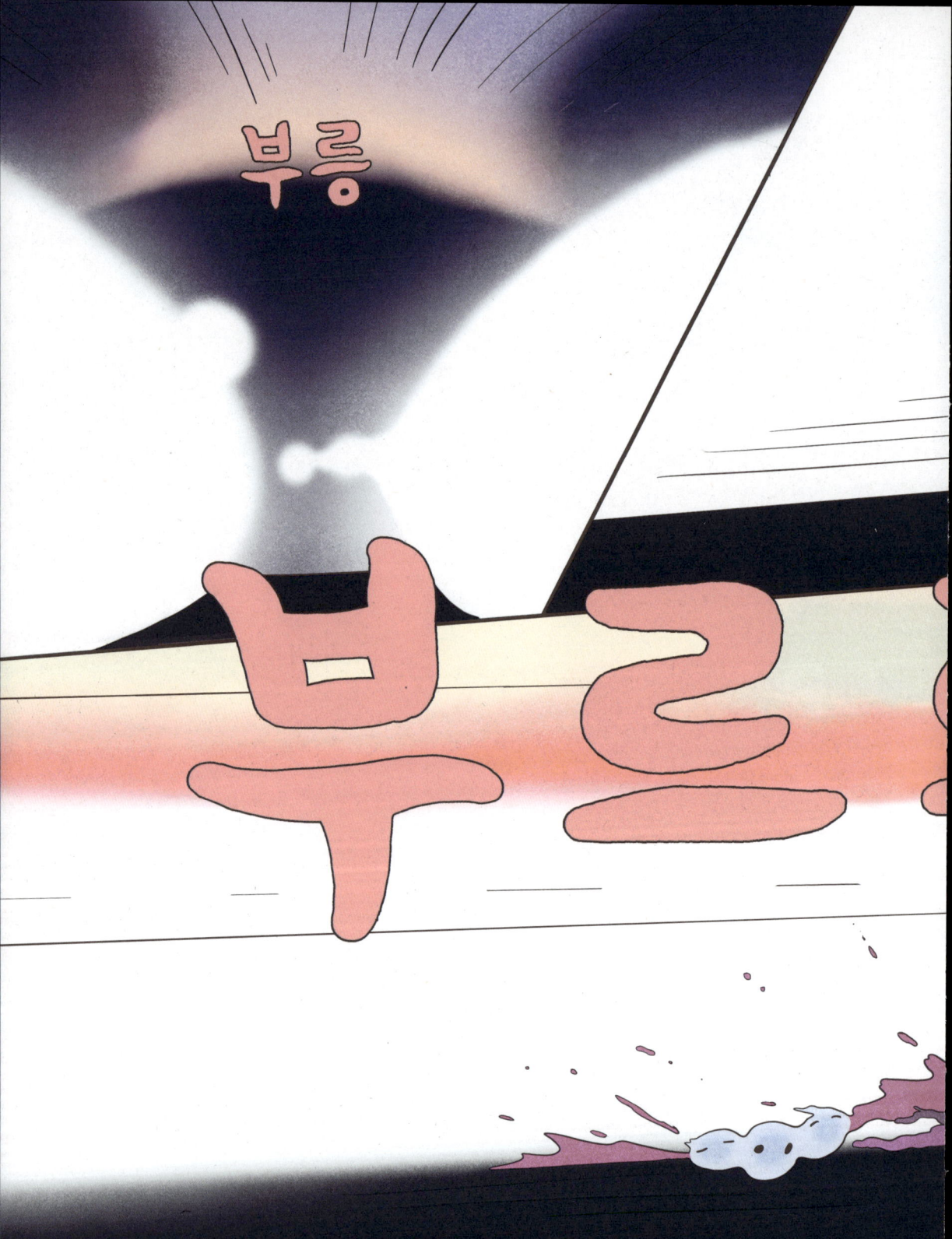

부르르르르릉

쯩쯩쯩쯩

펑!

저는 산다는 게 무엇인지 몰라요. 당신을 판단하지 않습니다.

이제 뭘 어떻게 해야 할까?

이 봉우리에서 너의 존재는 아름다움에 대한 모욕이야.

자, 올라타라.

어읭

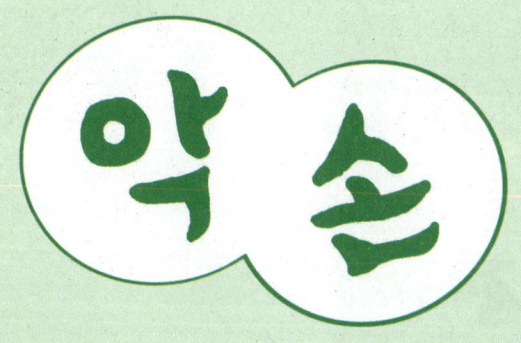

쿠구궁

쿵...

잠깐만!
어딜 가는 거야?

무대에 오를 거야.

살랑

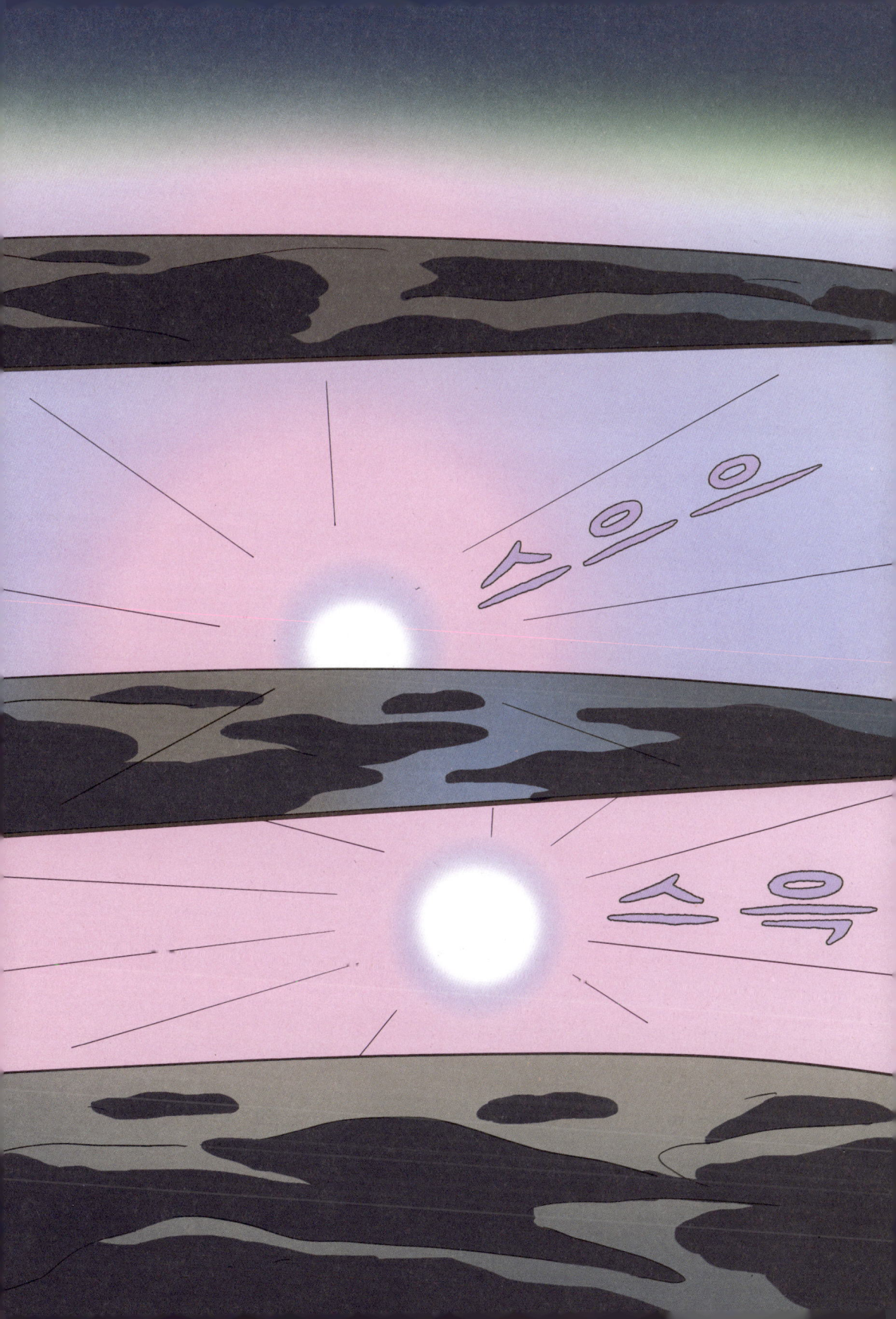

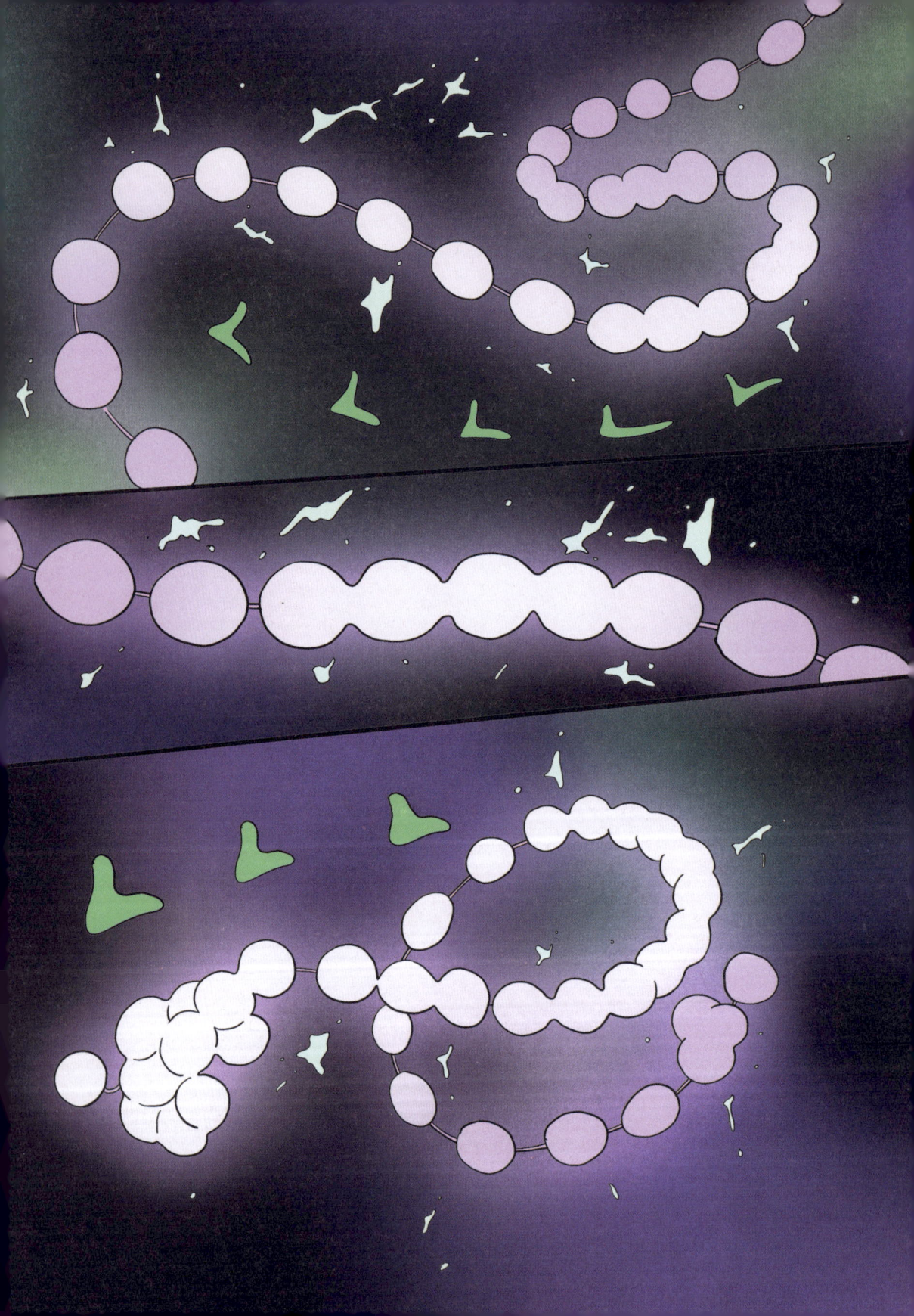

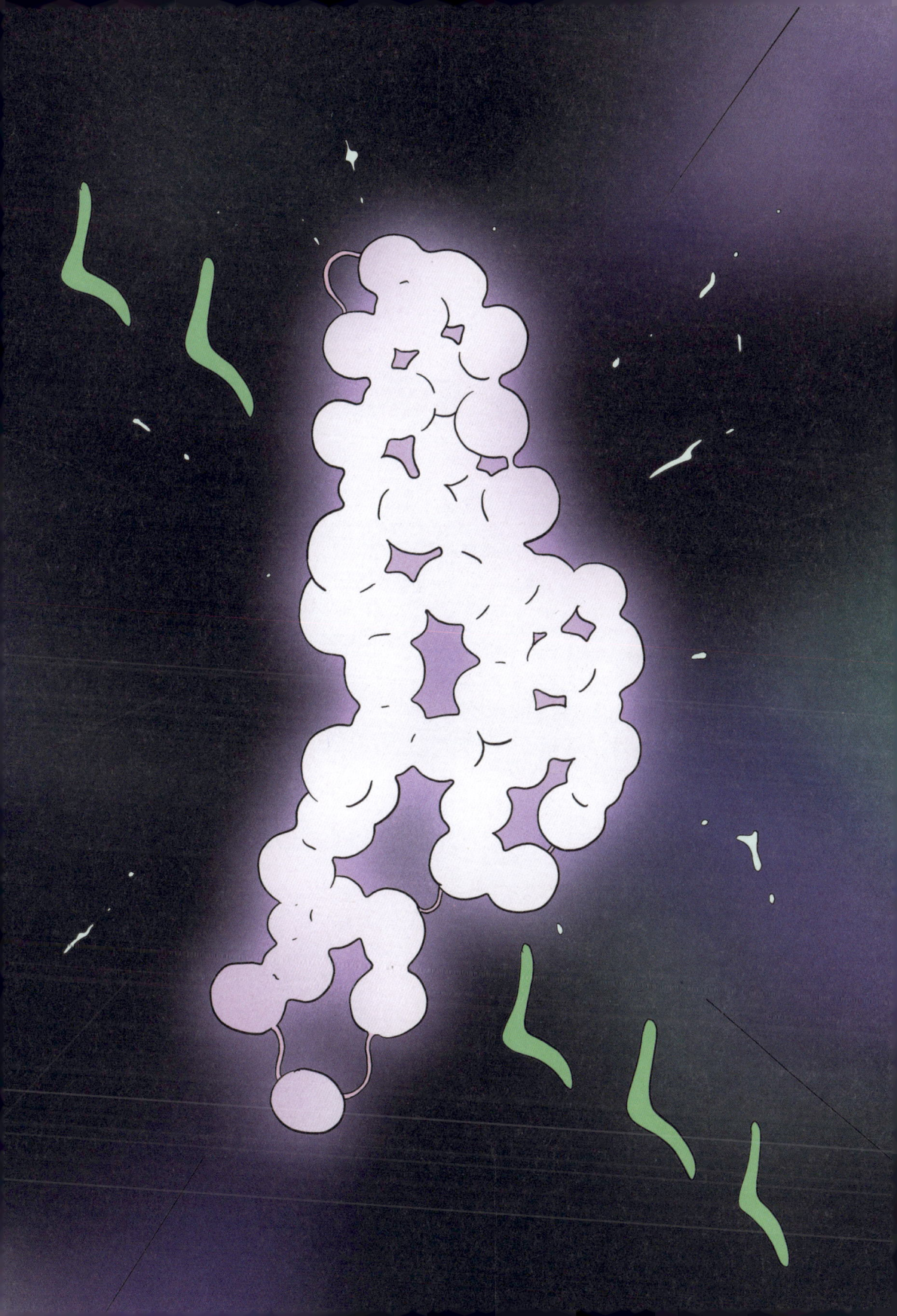

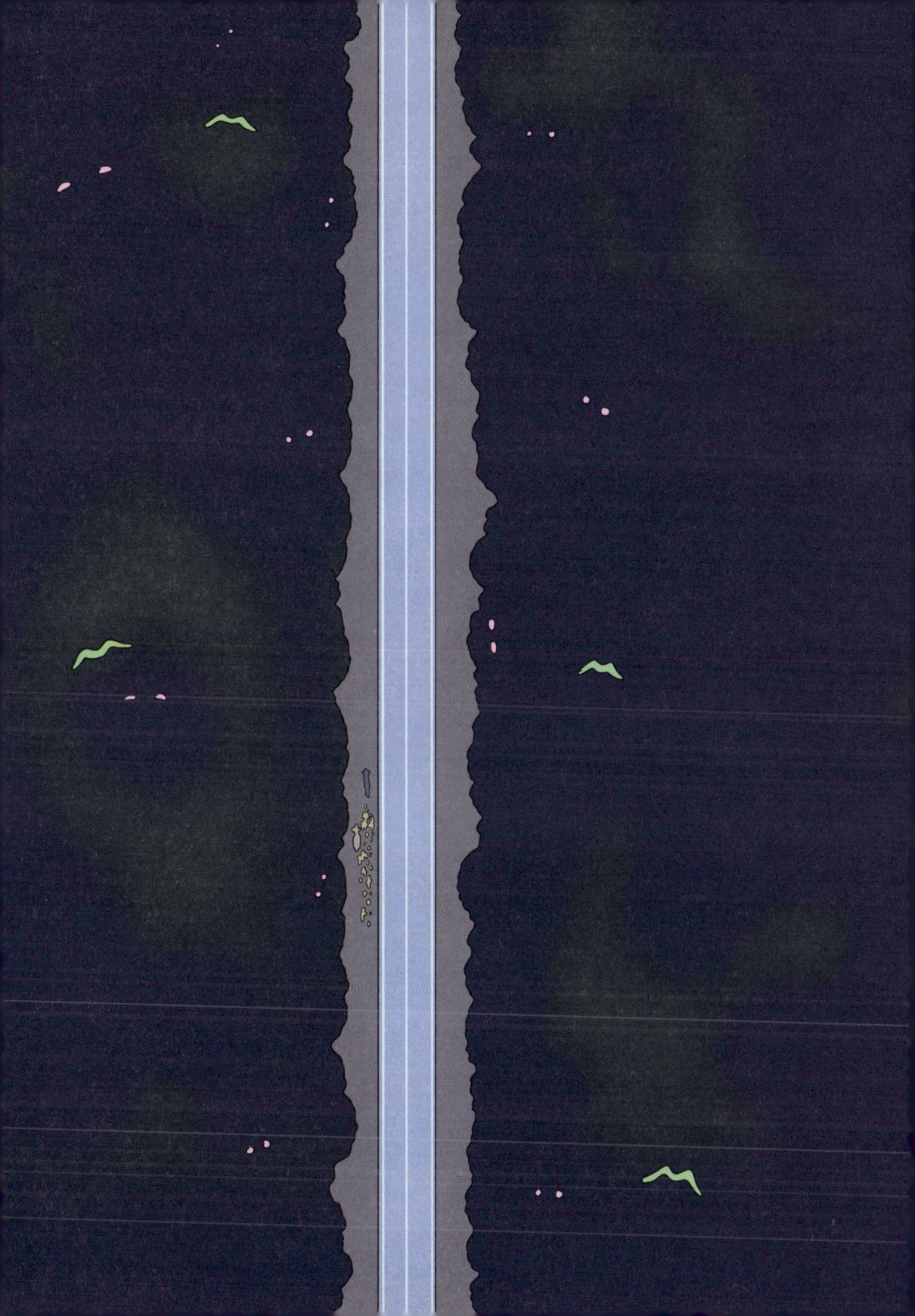

부르르르르르르

부르릉

부르르르르르르

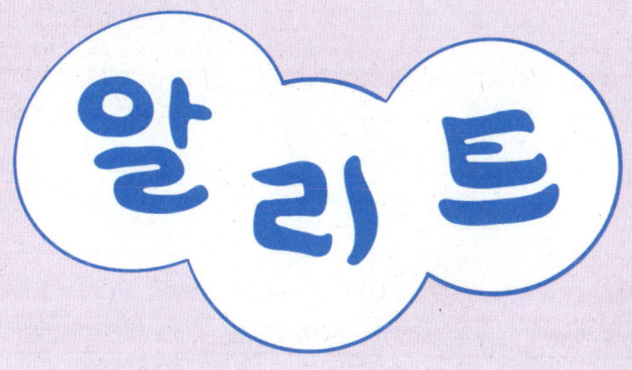

부　　르　　　　르　　　　　르

레탈리트는 어디에나 있다.
대나무보다도 빨리 자라지.

하늘과 바다를 가르고, 산맥을 자른다.
그 무엇도 대항할 수 없어.

> 황량하고 건조한 지구는
> 다시금 생명이 없는 곳이 되었다.
> 우주의 다른 행성들과 다를 바 없어.

> 그렇지 않아요!

두세 번만 더 옮기면 돼.

지금으로선 이 오래된 행성에 아직 할 일이 남은 것 같아.

다음에 보자고, 친구.

옮긴이의 말

그렇게 우리는 흐르고 얽혀 – 존재와 이름 그리고 연결

『알리트: 어느 작은 개구리 이야기』는 한 존재가 자신의 이름을 찾아 가는 이야기입니다. 이와 동시에, 살아 있는 모든 생명이 서로 연결되어 있다는 것을 천천히 배워 가는 여정이기도 하지요.

작가 제레미 모로는 작고 낯선 생물들의 세계를 그려 냈습니다. 우리가 일상적으로 보아 온 세계를 완전히 다른 시선으로 다시 보게 만드는 작업이지요. 뚜렷한 사건이나 명확한 선악 구도를 내세우기보다, 보이지 않던 연결과 움직임을 조명하면서 서서히 변화하고 서로 뒤엉키는 과정에 집중하는 작가의 저력은 우리에게 많은 생각할 거리를 던져 줍니다.

주인공의 이름 '알리트(Alyte)'는 프랑스어로 산파개구리를 뜻하기도 하지만, 몸과 마음이 변해 가는 존재의 이름이기도 합니다. 그가 누구인지, 무엇을 상징하는지는 명확히 설명되지 않지만, 바로 그 모호함 속에서 오히려 우리는 우리 자신을 발견하게 됩니다. 작가는 책 속에 등장하는 생명체들에게 그들이 가진 감각, 움직임, 목소리의 결에 따라 이름을 붙입니다. 어떤 존재는 소리를 통해, 어떤 존재는 감정의 형태로 스스로의 이름을 알아차립니다. 이름은 외부에서 부여되는 것이 아니라, 존재 그 자체에서 피어나는 것이라는 점에서 이 이야기는 '이름 짓기'의 철학이 담긴 서사이기도 합니다.

이야기 속에서 알리트는 많은 존재와 만납니다. 뿌리 깊은 식물들, 춤추는

곤충들, 분해와 생성의 리듬 속에 있는 균류, 죽은 것 같지만 살아 있는 돌멩이와 숲의 소리… 이들은 모두 알리트를 가르치려 하지 않습니다. 다만 함께 존재할 뿐이지요. 알리트는 그들과 함께 숨 쉬고, 다양한 감정을 느끼고, 때로는 스스로를 놓아 버릴 만큼 깊이 관계를 맺습니다.

그러나 이 세계는 평화롭지만은 않습니다. 먹고 먹히는 관계 속에서 흡수되고 분해되는 생명들, 사라지고 다시 태어나는 존재들이 그려집니다. 이 책은 때로 잔인해 보이는 장면조차도 하나의 순환, 하나의 생명이 다른 생명으로 이어지는 과정이라 말합니다. 어떤 만남은 부드럽고 다정하고, 어떤 만남은 낯설고 불안하며, 또 어떤 존재는 쉽게 이해할 수 없습니다. 그러나 중요한 건, 이 모든 만남이 알리트를 변화시키고, 알리트와 세계를 연결한다는 것입니다. 살아 있다는 것은 끊임없이 주변과 관계를 맺으며 변화하는 것이니까요.

『알리트: 어느 작은 개구리 이야기』를 보며 '살아 있다는 것은 무엇인가?'라는 묵직한 질문을 가만히 생각해 보세요. 무언가를 설명하기보다 느끼고, 멈춰 바라보고, 함께 호흡해 보는 놀라운 경험이 기다리고 있습니다. 만약 어떤 장면에 여러분의 시선이 오래 머물게 된다면, 그건 이 책이 여러분에게 조용히 말을 걸고 있다는 뜻일 것입니다. 책의 마지막 장을 덮고 나면, 모든 존재는 연약하고 덧없지만 이와 동시에 엄청난 힘을 가지고 있다는 것을 느끼게 될지도 모릅니다. 경쟁이나 지배가 아니라, 함께 얽히고 흐르며 살아가는 연결 속에서 비롯된 생명의 힘을 말이지요.

옮긴이 박재연

제레미 모로 지음

여덟 살 때부터 매년 앙굴렘 국제 만화제 학습 만화 부문에 출품하다가, 2005년 처음으로 상을 받았습니다. 이후 파리 고블랭 영상 학교에 들어가 애니메이션을 공부했는데 이는 그의 역동적이고 창의적인 그림 세계를 발견하는 데 큰 도움이 되었습니다. 2018년에 앙굴렘 국제 만화제에서 『그리므르 연대기(La Saga de Grimr)』로 대상인 황금야수상을, 2021년에 『표범이 말했다』로 볼로냐 라가치상 코믹스 영어덜트 부문 대상을, 2025년에 『알리트: 어느 작은 개구리 이야기』로 볼로냐 라가치상 코믹스 미들 그레이드 부문 스페셜 멘션을 수상했습니다. 국내에 소개된 작품으로는 『표범이 말했다』, 『판판판 포피포피 판판판』, 『알리트: 어느 작은 개구리 이야기』가 있습니다.

박재연 옮김

아주대학교 문화콘텐츠학과에서 시각 예술 콘텐츠 기획과 비평을 가르치고 있습니다. 미술 진흥을 위한 정책과 제도, 미술 문화 향유 확대에 기여한 공로를 인정받아 2023년과 2024년에 문화체육관광부 장관 표창을 받았습니다. 예술의 의미와 쓸모에 대해 쓰고 말하는 걸 좋아합니다. 지은 책으로 『모던 빠리: 예술의 흐름을 바꾼 열두 편의 전시』, 『미술, 엔진을 달다』 등이 있고, 옮긴 책으로 『이것이 새입니까?』, 『모든 공주는 자정 이후에 죽는다』 등이 있습니다.

스토리잉크 07
알리트: 어느 작은 개구리 이야기

초판 1쇄 발행 2025년 10월 27일
글·그림 제레미 모로 | 옮김 박재연
발행인 윤승현 | 편집장 안경숙 | 편집 안유진, 김정은 | 디자인 장예지
마케팅 정지운, 박현아, 김지윤, 황지영 | 국제업무 장민경, 오지나 | 제작 신홍섭
펴낸곳 (주)웅진씽크빅 | 주소 경기도 파주시 회동길 20 (우)10881
문의 031)956-7543(편집), 031)956-7569, 7570(마케팅)
홈페이지 www.wjjunior.co.kr | 블로그 blog.naver.com/wj_junior | 인스타그램 @woongjin_junior
출판신고 1980년 3월 29일 제406-2007-00046호 | 원제 ALYTE
한국어판 출판권 ⓒ (주)웅진씽크빅 2025 | 제조국 대한민국 | 사용연령 10세 이상

Alyte by Jérémie Moreau
Copyright © 2024, Jérémie Moreau & Éditions 2024
Korean translation copyright © 2025, Woongjin ThinkBig Co., Ltd.
This edition was published by arrangement with Sylvain Coissard Agency, France, in cooperation with Amo Agency.
All rights reserved.

웅진주니어는 (주)웅진씽크빅의 유아·아동·청소년 도서 브랜드입니다.
이 책의 한국어판 저작권은 AMO 에이전시를 통해 저작권자와 독점 계약한 웅진씽크빅에 있습니다.
저작권법에 의해 한국 내에서 보호를 받는 저작물이므로 무단 전재와 무단 복제를 금합니다.
ISBN 978-89-01-29800-9 978-89-01-26131-7(세트)

• 잘못 만들어진 책은 바꾸어 드립니다.
⚠ 주의 1. 책 모서리가 날카로워 다칠 수 있으니 사람을 향해 던지거나 떨어뜨리지 마십시오. 2. 보관 시 직사광선이나 습기 찬 곳은 피해 주십시오.